DIXAINS RÉALISTES

·PAR DIVERS AUTEURS.

LIBRAIRIE DE L'EAU-FORTE

A PARIS

DIXAINS. RÉALISTES

DIXAINS RÉALISTES

PAR DIVERS AUTEURS.

LIBRAIRIE DE L'EAU-FORTE

Rue Lafayette, 61, à Paris.

Cet ouvrage a été tiré à 150 exemplaires numérotés :

25 Sur Papier de Chine.
125 Sur Papier teinté.

N°

II

Il a tout fait, tous les métiers. Sa simple vie

se passe loin du bruit, loin des cris de l'envie

et des ambitions vaines du boulevard.

Pour ce jour attendu, qui s'annonce blafard,

les savants ont prédit, avant l'heure où se couche

le soleil, une éclipse. Et sa maîtresse accouche,

apportant un enfant parmi tant de soucis!

Il compte, pour dîner, sur ses verres noircis.

Carrières de Montmartre, en vos antres de gypse,

abritez le marchand de verres pour éclipse!

CHARLES CROS.

III

Après avoir vidé toutes les coupes, toutes!

il faut enfin rentrer; car mes fibres dissoutes,

dans les cafés criards, hantés par les catins,

ont froid dans la nuit lourde et les douteux matins.

Marchons. Voici grouiller déjà les gens des halles.

Je rougis, maraîchers, à voir vos blouses sales,

que rafraîchit l'odeur lointaine des labours.

Travailleurs, ignorants des malsaines amours,

vous entassez des choux sur le trottoir, sans même

vous douter de l'horreur qui suit le passant blême.

C. C.

IV

O souvenance, sou retrouvé dans ma bourse !

Ce bandagiste était à côté de la Source;

sur le panneau de gauche était peint un Vulcain

avec ces quatre vers sortant d'un brodequin :

« De mon père indigné, j'ai subi la colère,

« quand du haut de l'Olympe, il me jeta sur terre ;

« mais si l'orthopédie alors eût existé,

« le reste de mes jours je n'aurais pas boîté. »

Et je songe à l'amour où rien ne remédie :

— Pourquoi le cœur n'a-t-il pas son orthopédie ?

Jean Richepin.

———

V

Bien que sa main soit rouge, elle n'est pas sans grâce;

debout, dans son échoppe étroite, sombre et grasse,

pour symphonie, elle a le chant, jusqu'à la nuit

de la pomme de terre en tranche qui bruit

dans le liquide noir où son disque se dore.

Sans voir le savetier d'en face qui l'adore,

ni le coiffeur si beau, ni le garçon boucher,

servante du légume ingrat, et sans broncher,

elle en donne souvent, avec un air biblique,

un grand cornet tout plein au pauvre famélique.

Antoine Cros.

—

VI

Certes, je plains l'aveugle, et sa prunelle opaque

me nâvre ; et la peinture atroce de sa plaque,

dont le rouge me fait songer à l'abattoir,

m'a cloué bien souvent, morne, sur le trottoir.

Mais l'aspect de son chien a de douloureux charmes

pour mon cœur, et je suis remué jusqu'aux larmes

quand je lui vois aux dents, l'été comme l'hiver,

l'anse d'un petit seau de fer blanc peint en vert....

Il implore les gens de ses bons yeux honnêtes :

O bête ! sois bénie entre toutes les bêtes !...

MAURICE ROLLINAT.

VII

On allume les becs de gaz; dans la nuit bleue

les étoiles aussi s'enflamment; l'on fait queue

devant les guichets des théâtres à succès

qui font aux lycéens rêver tous les excès.

Dans les kiosques on voit s'installer les marchandes

d'oranges, de journaux, et de croquets d'amandes;

et déjà vient s'asseoir aux tables des cafés,

cachant son front sous des frisons ébouriffés,

pêchant les amoureux, comme on pêche à la ligne,

la promeneuse du boulevard, fleur maligne.

NINA DE VILLARD.

VIII

Ce pauvre enfant vend des jouets à bon marché.

Les gamins du faubourg, après avoir marché,

après avoir, aux verts buissons, usé leurs vestes,

viennent se reposer près des splendeurs modestes

de l'étalage, où tout excite leur désir ;

mais le petit marchand, seul, n'y prend pas plaisir,

car, lui, c'est son métier de lancer la ficelle

de la toupie, et l'aigre bruit de la crécelle

le crispe ; le pantin lui fait, naïf bourreau,

l'horreur qu'à l'employé fait son chef de bureau.

N. DE V.

IX

C'est la boutique des parfums à prix réduits....
La maigre commençante, habitant un taudis,
mange, dans un bouillon, de noires matelottes
pour économiser de quoi payer ses notes
à la juive qui tient, habile, ce bazar.
Car, c'est le billet pris, dans un jeu de hasard,
c'est l'èspoir, c'est la porte ouverte à la fortune,
cette poudre de riz Rachel, fard de la brune!
Il faut bien éblouir, à l'angle d'un trottoir,
le monsieur qui fera débuter quelque soir.

N. DE **V.**

X

Le grand fiacre roulait avec un bruit berceur,

Il était à ses pieds, perdu dans la douceur

des frou-frous parfumés de sa robe de faille.

Elle dit : De bonheur, cher, mon âme défaille....

Il faisait nuit ; la lune évitait d'éclairer

cette idylle : — « N'avez-vous rien à déclarer ? »

Dit la voix. On était devant une barrière,

et le douanier stupide, entr'ouvrant la portière,

ramena dans l'horreur de la réalité

ce beau couple envolé vers un monde enchanté.

N. DE V.

XI

L'été meurt. Sur les ceps pendent les grappes mûres ;
hors de l'armoire, on va secouer les fourrures
qu'embaumait la senteur faible du vétivert.
Pour la dernière fois allons dans le bois vert
où nous avons dormi sur un tapis de menthes,
dans la sérénité des chaleurs endormantes.
J'accrocherai les plis neigeux de mes jupons
aux ronces du sentier poudreux, grêles harpons ;
accordons-nous ce doux sursis d'une journée....
Nous ferons ramoner demain la cheminée.

N. DE V.

XII

Il travaille, le jour, dans un bazar tout neuf,

criant : « Tout est à treize, et là, tout à vingt-neuf! »

Sa casquette est la plus superbe des casquettes,

en soie, et fait valoir ses courbes roufflaquettes.

Un foulard jaune tourne autour de son cou gras

et rouge, que font voir ses cheveux tondus ras.

Comme sa connaissance a, ce soir, de l'ouvrage,

il est libre et content. Car jamais il ne rage,

à moins qu'elle ne flâne. Aussi c'est d'un air grand

Qu'il s'écrie au café : « Garçon! un mazagran! »

Charles Cros.

XIII

A d'autres les ciels bleus ou les ciels tourmentés,

la neige des hivers, le parfum des étés,

les monts où vous grimpez, fiertés aventurières

des Anglaises. Mes yeux aiment mieux les clairières

où la charcuterie a laissé ses papiers,

les sentiers où l'on sent encore l'odeur des pieds

des soldats avec leurs payses, la presqu'île

de Gennevilliers, où croît l'asperge tranquille

sous l'irrigation puante des égouts....

On ne dispute pas des couleurs ni des goûts.

C. C.

XIV

Ayant tout essayé, blême, je ne crois plus

aux amoureux musclés, soupeurs et chevelus ;

car moi, qui suis mourant à toutes les minutes,

tué par la recherche inquiète et les luttes

littéraires, je crains l'épuisante douceur

des chauds oaristys. Je voudrais une sœur,

une femme rêvant avec moi, côte à côte,

frissonnante, croyant qu'elle fait une faute,

et nous nous aimerions d'un amour immortel,

sans stores de voiture et sans chambres d'hôtel.

C. C.

XV

Celle qui m'apparaît, quand j'ai clos mes yeux las,

tricote un bas de laine. Elle a des bandeaux plats.

Elle a passé la fleur de ses jeunes années

dans des salons proprets, aux couleurs surannées,

et rêve d'épouser un substitut grivois.

Elle chante, avec un petit filet de voix,

« le départ d'Alcindor, les pleurs de son amante, »

son corsage montant et sa petite mante,

cachent probablement un corps grêle et fiévreux :

Il n'est pas étonnant que j'en sois amoureux.

C. C.

XVI

Sur des chevaux de bois enfiler des anneaux,

regarder un caniche expert aux dominos,

essayer de gagner une oie avec des boules,

respirer la poussière et la sueur des foules,

boire du coco tiède au gobelet d'étain

de ce marchand miteux qui fait ter lin tin tin,

rentrer se coucher seul, à la fin de la foire,

dormir tranquillement en attendant la gloire

dans un lit frais l'été, mais, l'hiver, bien chauffé,

tout cela vaut bien mieux que d'aller au café.

C. C.

XVII

Des femmes en peignoir, portant la boîte au lait,

craignaient de se crotter et montraient leur mollet.

Ils étaient trois, vêtus d'ulsters garnis de martre.

Ils rentraient, ce matin, d'une orgie à Montmartre,

et ces trois débauchés riaient du doux café

que l'épouse, à l'époux au lit, sert bien chauffé.

Un prêtre, qui passait, rougit de ce blasphème.

Ils narguèrent le prêtre. Et l'un sifflota même

quelque chanson obscène, apprise aux Délass.-Com.

Le prêtre, simplement, leur dit : Pax vobiscum!

C. C.

XVIII

Muses, souvenez-vous du guerrier, — de l'ancien

qui ne fut général ni polytechnicien,

mais qui charma dix ans les mânes du grand Hômme !

Cet invalide était la gaîté de son dôme.

Mon cœur est plein du bruit de sa jambe de bois.

Pauvre vieux ! j'ai rêvé de vous plus d'une fois,

la nuit, quand passe au ciel, avec ses gros yeux vides,

la lune au nez d'argent, astre des invalides,

ou que le vent se meurt, comme un chant du départ...

Et j'ai fait encadrer le mot de faire part.

Germain Nouveau.

XIX

J'ai du goût pour la flâne, et j'aime, par les rues,

les réclames des murs fardés de couleurs crues,

la Redingote Grise, et Monsieur Gallopau ;

l'Hérissé qui rayonne au-dessous d'un chapeau ;

la femme aux cheveux faits de teintes différentes.

Je m'amuse bien mieux que si j'avais des rentes

avec l'homme des cinq violons à la fois,

Bornibus, la Maison n'est pas au coin du Bois,

le kiosque japonais et la colonne-affiche...

Et je ne conçois pas le désir d'être riche.

G. N.

XX

J'entrais chez le marchand de meubles, et là, triste,

(Savez-vous la chanson du petit Ebéniste?)

j'allais, lui choisissant une chose à ses goûts.

C'est vers toi que je vins, Canapé-Lit-Leroux.

J'observai le ressort, me disant que cet homme

fit une chose utile, étant donné le somme.

J'appréciai le tout d'un mot technique et fin ;

si bien que le marchand, ému, me tend sa main

honnête, et dit : « Monsieur fabrique aussi sans doute? »

Douce parole et qu'en mon cœur je grave toute.

G. N.

XXI

Je courais la Russie.... — Oui, Monsieur, me dit-elle,

jaune et pâle, avec ça toute argot et dentelle;

un breva dans ses doigts enfume un diamant.)

Elle reprit : Eh bien, foi de femme qui ment,

quoi! je trouve, un matin que j'étais seule au monde,

un cigare d'un rond, perdu dans ma profonde,

et qui causait avec de vieilles notes, là.

Je l'allumai dans un gai « laï tou la la, »

et j'ai connu, par un exil sans espérance,

le charme d'un petit bordeaux — sentant la France!

G. N.

XXII

Je te rends cet hommage, orgueilleux marronnier ;

émule des lilas, tu leur fais concurrence.

C'est toi l'un des plus beaux de nos arbres en France ;

c'est toi leur précurseur, dans le temps printanier,

pour célébrer le vert de toute la nature,

*et l'*Hosanna cœli *de toute créature,*

Tes fleurs semblent des ifs éclairés à giorno !

Puis, tes fruits hérissés, enviés du jeune âge,

détachés tour à tour, tombent de ton feuillage,

et font de longs colliers d'un rouge de piano.

Auguste de Chatillon.

XXIII

Le petit employé de la poste restante

vient tard à son bureau ; son allure est très-lente ;

il s'assied renfrogné sur son fauteuil en cuir,

car il sait qu'au client il lui faudra servir

les lettres, les journaux à timbre coloriste,

et même les mandats !... Cet homme obscur est triste.

Il se dit, en flairant un billet parfumé,

qu'il ne voyage pas et qu'il n'est pas aimé,

que son nom, composé de syllabes comiques,

n'est jamais imprimé dans les feuilles publiques.

Nina de Villard.

XXIV

Je la voyais souvent au bureau d'omnibus

à l'heure de l'absinthe, après tous les bocks bus,

quand je rentrais troublé, fiévreux de la journée.

Et c'était un repos pour mon âme fanée

de rencontrer parfois cet ange en waterproof.

Sa forme jeune et pure, ignorante du pouf,

ses tresses sans chignon, son front sans maquillage,

et les réalités chastes de son corsage

m'ont fait rêver, portant le bouquet nuptial,

A la vierge qui lit mon nom dans un journal.

N. DE V.

XXV

Cheminant Rue aux Ours, un soir que dans la neige

s'effeuillait ma semelle en galette : — Oh ! que n'ai-je,

me dis-je, l'habit bleu barbeau, les boutons d'or,

la culotte nankin, et le gilet encor,

le beau gilet à fleurs où se fane la gloire

d'une famille, et, bien reprisés par Victoire,

les bas de cotonnade, et, chères aux nounous,

les syllabes en cœur du patois de chez nous....

Car un Bureau *disait sur une plaque mince :*

« On demande un jeune homme arrivant de province. »

GERMAIN NOUVEAU.

—————

XXVI

Dans les douces tiédeurs des chambres d'accouchées,

quand à peine, à travers les fenêtres bouchées,

entre un filet de jour, j'aime, humble visiteur,

le bruit de l'eau qu'on verse en un irrigateur,

et les cuvettes à l'odeur de cataplasme ;

puis la garde-malade avec son accès d'asthme.

Les couches, où s'étend l'or des déjections,

qui sèchent en fumant devant les clairs tisons,

me rappellent ma mère aux jours de mon enfance ;

et je bénis ma mère, et le ciel, et la France !

Charles Cros.

XXVII

Enclavé dans les rails, engraissé de scories,

leur petit potager plaît à mes rêveries.

Le père est aiguilleur en gare de Lyon.

Il fait honnêtement et sans rébellion

son dur métier. Sa femme, hélas ! qui serait blonde,

sans le sombre glacis du charbon, le seconde.

Leur enfant, ange rose éclos dans cet enfer,

fait des petits châteaux avec du mâchefer.

A quinze ans il vendra des journaux, des cigares :

Peut-être le bonheur n'est-il que dans les gares !

C C.

XXVIII

Jadis je logeais haut, tout contre la gouttière :

Tapis souvent à ma fenêtre en tabatière,

rêvant à ma misère, à tant d'affronts subis,

j'écoutais les marchands de légumes, d'habits ;

et les tuyaux des toits, chefs-d'œuvre des fumistes,

rayaient de noir le fond de mes grands yeux si tristes....

Je me rappelle un jour un doux bruit de grelots ;

et, me penchant, je vis un gros homme en sabots,

qui se hâtait pour vendre aux phthysiques jeunesses

la consolation du tiède lait d'ânesses.

C. C.

XXIX

Voici : La fin de la demi-journée approche ;

et l'on travaille bien en attendant la cloche.

Onze heures. On déserte en foule l'atelier.

L'ouvrier va manger, et peut-être lier

connaissance avec cette enfant, frêle ouvrière,

chez le traiteur fumeux où l'on sert l'ordinaire.

Mais l'apprenti n'a pas de ces luxes. Avec

une saucisse plate et deux sous de pain sec,

il déjeune ; pourvu qu'il trouve sur la place

votre eau limpide à boire, ô fontaines Wallace !

C. C.

XXX

Il marche à l'heure vague où le jour tombe. Il marche,

portant ses hauts bâtons. Et, double ogive, l'arche

du pont encadre l'eau, couleur plume de coq.

Il a chaud et n'a pas le sou pour prendre un bock.

Mais partout où ses pas résonnent, la lumière

brille. C'est l'allumeur humble de réverbère

qui, rentrant pour la soupe, avec sa femme assis,

l'embrasse, éclairé par la chandelle des six,

sans se douter — aucune ignorance n'est vile —

qu'il a diamanté, simple, la grande ville.

C. C.

XXXI.

Versailles où l'éclat des roses s'échelonne,

les jardins suspendus jadis à Babylone

et les fruits de rubis des Mille et une Nuits,

ont charmé longuement mes innocents ennuis.

Mais, à présent, mûri par notre époque triste,

je fuis ces visions qui poursuivent l'artiste ;

et mon regard rêveur s'abaisse volontiers

vers la loge, où, contents, végètent mes portiers :

Près du carreau poudreux où l'homme fait sa barbe

j'aime le petit pot où croupit la joubarbe.

C. C.

XXXII

On m'a mis au collége (oh! les parents, c'est lâche!)
en province, dans la vieille ville de H...
J'ai quinze ans, et l'ennui du latin pluvieux!
Je vis, fumant d'affreux cigares dans les lieux ;
et je réponds quand on me prive de sortie :
« Chouette alors! » préférant le bloc à la partie
d'écarté, chez le maire, où le soir, au salon,
honteux d'un liseré rouge à mon pantalon,
j'écoute avec stupeur ma tante (une nature!)
causer du dernier bal à la sous-préfecture.

GERMAIN NOUVEAU.

XXXIII

La cuisine est très-propre et le pot-au-feu bout

sur le fourneau. La bonne, attendant son troubade,

épluche en bougonnant légumes et salade.

Ses doigts rouges et gras, avec du noir au bout,

trouvent les vers de terre entre les feuilles vertes.

On bat des traversins aux fenêtres ouvertes.

Mais voici le pays. Après un gros bonjour,

on lui donne la fleur du bouillon. Leur amour

s'abrite à la vapeur du pot, chaud crépuscule....

Et je ne trouve pas cela si ridicule.

CHARLES CROS.

XXXIV

Quand je menais la vie âpre du solitaire

je savais cuisiner sur un fourneau de terre.

Je ne me souviens pas d'avoir eu le guignon

de manquer l'omelette ou la soupe à l'oignon.

Oh! celle-là surtout dont ma pauvre amoureuse

raffolait! Je savais la rendre savoureuse

et lui donner toujours la teinte et le parfum!

Aujourd'hui, quand je pense à ce passé défunt,

j'ai presque envie autant de pleurer que de rire.

Hélas! où donc es-tu, petite poêle à frire?

MAURICE ROLLINAT.

XXXV

C'est vrai que dans la rue elle impose à chacun

le charme singulier de son corps blond et brun.

Sa crinière flottante a longueur, envergure

et ténèbre; tout rit dans sa fraîche figure

Où sous des sourcils noirs fleurissent des bluets.

Ses oreilles sont deux coquillages fluets.

Elle a des bras comme en ont les filles de fermes

avec des petits doigts fuselés; ses seins fermes

Tentent le peintre ardent qui les a copiés.

Mais hélas! elle pue horriblement des pieds!

M. R.

XXXVI

Mon nostalgique amour de la côte et du val

Se console à Paris dans un bouillon Duval,

Qui pour moi, dîneur pauvre, est un café Vachette.

En vérité, je donne un bon coup de fourchette,

Car, outre l'appétit, j'ai rapporté cent francs.

Mais aussi, cette bonne alerte, aux regards francs,

Qui me sert, tous les soirs, la ronde Mortadelle

Vient de s'apercevoir que je raffole d'elle,

Et pas plus tard qu'hier, en m'offrant le menu,

Elle m'a dit : « J'irai chez vous ! c'est convenu !...

M. R.

XXXVII

Aux portes des cafés, où s'attablent les vices,

Elle va, tous les soirs, offrant des écrevisses

Sur un petit clayon tapissé de persil.

Elle a l'œil en amande orné d'un grand sourcil,

et des cheveux frisés blonds comme de la paille.

Or, ses lèvres en fleur, qu'un sourire entre-baille,

tentent les carabins qui fument sur les bancs ;

et comme elle a les seins droits, et que, peu tombants,

ses jupons laissent voir sa jambe ronde et saine,

chacun d'eux lui chuchote un compliment obscène!

M. R.

XXXVIII

— *O muse incorrigible, où faut-il que tu ailles!* —
La dame au cabas vert bourré de victuailles
suçotait par instants le goulot d'un flacon.
Que diable y buvait-elle? — Or, soudain, le wagon
s'emplit d'ombre! — Un tunnel! — J'agrippai la fiole,
et j'aspirai : Goût nul! — « C'est une babiole,
pensai-je, mais enfin, je suis fort intrigué... »
Et m'adressant à la dame, avec un air gai :
— Que buvez-vous? lui dis-je, en frisant ma moustache...
— Elle me répondit : « Je ne bois pas! Je crache! »

M. R.

XXXIX

Ma foi! que ça te plaise, ou que ça te courrouce,
c'est toi que j'aime, ô ma belle tripière rousse!
Tu fais si bien, assise à ton petit comptoir! —
Oh! que ne suis-je pas un garçon d'abattoir,
bras nus, en gros sabots, et du sang à mes fripes! —
Je pourrais t'embrasser en t'apportant des tripes;
et pour toi, je serais un enjôleur si neuf
qu'un jour tu me dirais entre deux cœurs de bœuf:
— « Je suis honnête, mais je ne suis pas de pierre! » —
Et nous nous aimerions, ô ma belle tripière!

M. R.

XL

On s'aimait, comme dans les romans sans nuage,

à Bobino, *du temps de* « Plaisirs au Village. »

Orphée alors chantait des blagues sur son luth ;

c'était l'époque où Chose inventait le mot « Zut ! »

où les lundis étaient tués par Sainte-Beuve.

Les Parnassiens charmés rêvaient la rime neuve ;

et cousin Pierre était encore au régiment.

Sans prévoir de sa part le moindre embêtement,

l'Empereux, aux Français, s'invitait chez Molière.

Haussman songeait : Faudra raser la Pépinière !

Germain Nouveau.

XLI

C'est à la femme à barbe, hélas ! qu'il est allé,

le cœur de ce garçon, coiffeur inconsolé.

Pour elle, il se ruine en savon de Thridace.

Ce lait d'Hébé *(que veut-on donc que ça lui fasse?),*

ce vinaigre qu'un sieur Bully vend, l'eau (pardon!)

de Botot (exiger le véritable nom),

n'ont pu mordre sur cette idole de la foire.

Et s'il lui donne un jour la pâte épilatoire

que vous savez, l'Enfant murmurera tout bas :

Qu'elle est donc cette pâte? et ne comprendra pas.

G. N.

XLII

Vantez vos instruments modernes! que m'importe!

Le plus parfait est là, pendu près de ma porte.

Son aiguille, sensible aux moindres mouvements,

dévoile vos secrets, mobiles éléments,

sur le cadran bleuâtre, aux bras d'or d'une lyre,

variable, beau fixe *ou* cyclône *en délire.*

Date : mil-sept-cent-vingt. « On en fait de meilleurs.

aujourd'hui, » dites-vous? — Je n'en crois rien! D'ailleurs,

il est des sentiments dont le cœur n'est pas maître ;

je ne crois qu'en toi seul, ô mon cher baromètre!

ANTOINE CROS.

XLIII

Défense de fumer au bureau ! — mais, qu'importe ! —

J'entr'ouvre la fenêtre, et je ferme la porte.

Je m'assure que tout est bien enregistré ;

et, sur mon fauteuil vert à clous jaunes, vautré,

pour que la rime d'or au bout du vers se pose,

je fume lentement, la paupière mi-close ! —

Mais voilà que le chef, exécrable bourreau ;

décapite mon rêve en entrant au bureau,

et comme le garçon n'a pu me crier : « Gare ! »

je me rôtis les doigts pour cacher mon cigare.

MAURICE ROLLINAT.

XLIV

O funeste rencontre! Au fond d'un chemin creux
se chauffait au soleil sur le talus ocreux
un gros aspic, plus long qu'un manche de quenouille.
Soudain le saut pesant d'une énorme grenouille
fit bouger la vipère endormie à moitié!...
Et je vis — car l'horreur étrangla ma pitié —
sa gueule se distendre, et toute grande ouverte,
se fermer lentement sur la victime verte...
Puis, le sommeil reprit le hideux animal!...
— La grenouille, c'est moi! — le serpent, c'est le mal!

M. R.

XLV

Près d'une femme à toque, et qui fait de l'esbrouff,

une fillette, à l'air honnête, en waterproof,

ayant sur ses genoux un grand carton de mode,

et serrée en son coin de peur d'être incommode,

s'en va reporter son ouvrage au boulevard.

Sa mine est humble et douce. — Et dans son bleu regard

ie lis que son travail fait vivre son vieux père

qui n'est pas décoré, — quoiqu'ancien militaire,

quoiqu'ayant rhumatisme, et goutte, et cheveux gris!...

Et de la fière enfant je sens mon cœur épris!

HECTOR L'ESTRAZ.

XLVI

Quand j'ouvre ma Patrie, en mon lit, le matin,

dédaigneux du premier Paris, du Bulletin,

sautant Chambre, et Sénat, et théâtre, avec rage...,

avidement je vais à la dernière page,

et lis le fait-divers avec émotion.

Meurtre, vol, incendie, accident, passion ;

voilà de quels récits s'émeut mon cœur sensible ;

et si parfois je lis qu'un Anglais, — chose horrible, —

s'est jeté dans les eaux de Saint-Martin canal...,

des larmes de pitié roulent sur mon journal.

H. ʟ'E.

XLVII

Je frissonne toujours, à l'aspect singulier

de certaine bottine ou de certain soulier.

Oui, — que pour me railler, vos épaules se haussent! —

je frissonne! Et soudain, songeant au pied qu'ils chaussent,

je me demande : « Est-il mécanique ou vivant? »

Et je suis pas à pas le sujet, l'observant,

et cherchant l'appareil d'acier qui se dérobe

sous le pantalon fin ou sous la belle robe ;

et dès qu'il a relui, — maniaque aux abois,

sous le cuir élégant je flaire un pied de bois!

MAURICE ROLLINAT.

XLVIII

Octobre, vers le vieux château, dont le portail
pleure et rit quelque part dans Ponson du Terrail,
guide cet excellent notaire de campagne
que vous avez connu, décent et noir, la cagne
aux genoux, mais qui, doux disciple de Rousseau,
fait ce voyage à pied, malgré la pluie à seau
lui détraquant un beau pépin rose, qu'il gère
d'une main molle ; il chante : « Il pleut, il pleut, Bergère, »
allègre, et certain d'être, ô le gros polisson !
le bienvenu du vieux château, cher à Ponson !

Germain Nouveau.

XLIX

Nous buvions du Sauterne et nous mangions des huîtres.

Or, le matin entrant comme un casseur de vitres,

elle agrafa sa robe et noua ses cheveux ;

puis, ouvrant la fenêtre, elle me dit : « Je veux

des fraises ! Nous irons les cueillir par les halles ! »

L'Orient arborait ses pourpres automnales,

et les grands quais brumeux étaient bordés de fleurs.

Nous marchions. J'admirais ses récentes pâleurs

et ses regards fiévreux brillant sous la dentelle :

« Entrons donc à la Morgue, en passant, » me dit-elle.

Charles Frémine.

L

Quand la lampe Carcel sur la table s'allume,

le bouilli brun paraît, escorté du légume,

blanc navet, céleri, carotte à la rougeur

d'aurore, et doucement, moi, je deviens songeur.

Ce plat fade me plaît, me ravit ; il m'enchante :

c'est son jus qui nous fait la soupe succulente.

En le mangeant, je pense avec recueillement

à l'épouse qui, pour nourrir son rose enfant,

verd sa beauté, mais gagne à ce labeur austère,

un saint rayonnement trop pur pour notre terre.

 NINA DE VILLARD.

Imprimé

Par Cochet, de Meaux

EN MARS, AVRIL ET MAI 1876

LIBRAIRIE DE L'EAU-FORTE

A PARIS

Azraël. poème en prose, de Villiers de l'Isle-Adam, illustré d'eaux-fortes au blanc d'argent. — Tirages à cent exemplaires numérotés. 10 fr.

Les Accalmies, poésies par Raoul Lafagette, édition de luxe in-18. . 5 fr.
Edition sur papier de Chine. . . . . 6 fr.

Le Cochon, étude fantaisiste d'Arsène Houssaye, avec dix eaux-fortes de Ch. Jacques, F. Regamey, H. Guérard, Paul Fournier, Van Ryssel, édition de luxe. . . . . 10 fr.

Les Cloches, d'Edgar Poë, traduction libre d'Émile Blémont, avec quatre grandes - eaux-fortes de H. Guérard, sur Hollande ou parchemin, édition de luxe . . . . 10 fr.

Le Corbeau, d'Edgard Poë, traduction de Stéphane Mallarmé, avec six dessins de Manet. Hollande, Chine et parchemin, texte anglais et français, format in-folio. . . . . 25 fr.

Le Fleuve, poème de M. Charles Cros, avec huit eaux-fortes d'Edouard Manet. — Tirage à cent exemplaires numérotés. . . . . . . 25 fr.

La Petite Pantoufle, de Tin-Tun-Ling, lettré de la province de Chang-Si, avec six eaux-fortes originales, édition franco-chinoise sur étoffe, feutre et papier teinté. . . . . 5 fr.

Six Marines (sans texte) à l'eau-forte, avec titre gravé de même, par Henry Guérard. — Tirage à 25 exemplaire sur papier de Hollande. 15 fr.

Le Duel aux Lanternes, comédie en vers de Paul Arène, avec huit eaux-fortes de Frédéric Regamey, tirées sur Chine, dans le texte. . 5 fr.